JN246287

熊(くま)とにんげん

ライナー・チムニク 作・絵

上田真而子 訳

熊(くま)とにんげん

あるとき、ひとりの男がいた。男は熊を一頭つれていた。

どこから来たのか、男はいおうとしなかったし、なんという名前なのか、だれにもわからなかった。人びとは、ただ〈熊おじさん〉とよんだ。男はそれでまんぞくしていた。

熊にも名前がなかった。おじさんは、〈メドウィーチ〉とよんでいた。それは熊という意味のロシア語だったが、熊にとってはロシア語だろうとなんだろうと、かまわないことだった。

熊おじさんには友だちがふたりいた。熊と、そして、神さまだった。

おじさんは、鉄のフライパンと、ひとつの音しかでない角笛と、まりを七つもっていた。

熊おじさんは、森のなかに宝物をうめてあるでもなし、魔法がつかえるでもなし、小人にであったことも生まれてこのかた一度もなかったが、とくべつなことが三つあった。熊のことばがわかること、心根のいいこと、それから七つのまりでお手玉ができることだった。

熊は茶色で、おどりができた。おじさんが手まわしオルガンをまわすと、熊はあと足で立ち、オルガンの箱からながれでる音楽にあわせておどった。ふつうのサーカス熊のように、鼻に鉄の輪がはめられ、口に口輪がかぶせられていたが、くさりにつながれたことは一度もなかった。

それでも、おじさんからにげだすことなど、けっしてしなかった。どこへにげるひつようがあっただろう？　おどれば食べものがもらえたし、日曜日には一ポンドのはちみつというおまけまでついた。それ以上のことは、おそわりもしなかった。

おどると、小さい目がきらきら光った。熊は、ときどき熊おじさんにウインクして、低い声でそっといった。

「ねえ、おじさん。ぼくのおどり、どう？　うまいだろ、ん？」

すると熊おじさんはにっこりわらって、そっと耳もとにささやきかえしてやるのだった。

「うまいぞ、メドウィーチ。いい調子だ！」

こうしてかれらは村から村へとわたっていった。ふしくれだったりんごの古木やさんざしなどの並木とともに、かれらのすがたはいなか道にすっかりとけこんでいた。

ゆっくりと、いつも同じ、ひと呼吸に三歩の足どりで歩いていった。

畑では、農夫たちが鎌をといだり、ひたいのあせをぬぐったりしながら、ときどきかた目をつむって、道のずっと先までながめてみた。

そして、はるかかなたにふたつのすがたをみとめると、「熊(くま)だ、熊(くま)だよ!」と口ぐちにいい、その日はまだ日もしずまないうちから、いそいそと鎌(かま)をかついで家路(いえじ)につくのだった。

村ではどこでも、子どもたちが「熊が来た、熊が来た！」と大はしゃぎした。そして熊とおじさんをぐるりととりまいて、とんだりはねたり、熊の毛や耳をひっぱったり、もじゃもじゃのせなかによじのぼったりした。まだ小さい子どもは庭木戸のところに立って、「くまちゃん、くまちゃん！」とそっとよぶのだった。

「どうだ、おい、熊公、かわいい子どもたちじゃないか」おじさんは熊にいった。熊は「ふむ、ふむ」と鼻を鳴らしてよろこんだ。すると子どもたちは、

「芸をしてみせてよ、ねえ、芸をしてみせてよ！」

とさけびながらおじさんのうでにぶらさがって、なにかひとつしてみせてくれるまでせがんだ。おじさんは、ポケットからまりをひとつとりだすと、かた手の甲にのせ、そろそろとうでの上をころがして肩からせなかにまわし、左の足先までころがすと、こんどはそれをぽんとはねあげ、右手でつかんでみせた。

それから、熊おじさんは村の広報板の立っているところにゆくと、白いチョークをとって、書いた。

わたし と くま きましたので
こんや きょうかいのまえで
じょうずな げい みせます
みなさん みにきて ください

そんなことをしなくても、村人たちはもうみんな知っていたが、それがしきたりだったし、熊おじさんは字が書けたので、いつもチョークで広報板に書いた。

夕方になると、だれもかれも、おきあがれない病人のほかはみんな、教会の前にやってきた。

熊おじさんは木づちでフライパンを七回たたいた。フライパンは鐘のように鳴った。それから、声をはりあげていった。

「おあつまりのみなさんがた、では、はじめるといたしやしょう」

そして熊にむかって、そっといった。

「おれが先だよ、熊公。わかってるな」

おじさんはポケットから小さい赤いまりをふたつとりだして、お手玉をしはじめた。

すると、農家のわんぱく小僧たちのなかから、

「なんだい、それが芸かよ。そんなのおれだってできらあ。そのとおりやってみせらあ！」

と声のかかることがあった。それを聞くと熊おじさんは、ポケットから緑色のまりをだして、三つにした。そしてその三つが宙を舞っているあいだに、またもや目にもとまらぬ早さでズボンのポケットに手をつっこんだ。子どもたちは大よろこび。

「四つだ、まり四つだ」

つづいてみんながさけんだ。

「五つだ、まり五つだぞ」

こうなるといちばんのなまいき小僧までが口をあんぐりあけ、目をみはった。

「見ろやい、六つだぞ。まり六つだ！」

そこへ熊おじさんが、これが最後とポケットに手をつっこみ、七つめのまりをとりだし

て空中にほうりあげると、もうみんなじっとしていられず、大さわぎ。

「七つだ、七つだ！　七つのまりのお手玉なんて、見たことあるかい？　すごい芸だ！　最高だな、最高だよ、まったく。こんなことできるやつがほかにいるかってんだ！」

口ぐちにそうさけんで、手をうち歓声をあげて、熊おじさんをほめたてた。熊おじさんは、ひとつ、またひとつと、まりをズボンのポケットにしまってゆき、最後におじぎをしていった。

「メルシイ。つまり、そのう、ありがとっていうことなんで、へい」


つぎに熊おじさんは、また例の鐘をうち鳴らして、大声をはりあげた。

「おどる熊の、ご登場！」

そして熊にむかって、「さあ、おまえのばんだよ！」と声をかけ、手まわしオルガンを肩にかけてまわした。すると熊はあと足で立ち、あぶなっかしい足どりでまわりはじめた。はじめはゆっくりとぎこちなかったが、しだいに動きが早くなり、とうとうオルガンの箱からながれでる音楽にあわせて、本式におどった。

「おい、見ろったら、熊のやつ、ほんとにおどってるじゃねえか」

だれの目にもはっきり見えているのに、人びとはそうささやきあった。

「見てみろってんだ、おどる熊なんだぜ。それ、あの目、きらきらかがやいてるよ」

みんなはもう口をあけたまま、はあはあ息をした。熊は熊おじさんにウインクして、人にはわからないように、うなっていった。

「ねえ、おじさん、きょうのおどりっぷり、どう？　うまいだろ、ん？」

すると熊おじさんも、そっとささやいてやった。

「うまいもんだ、熊公。いい調子だよ！」

音楽が終わると、熊おじさんと熊はおじぎをした。そして、見物人がまだ興奮してどよめいているうちに、熊おじさんは皿をまわした。銅貨にまじって、ときどき白銅貨が光っていた。それを見た教会の寺男が、目をまんまるくしたのをいいおとしてはならないだろう。子どもたちは家にとってかえし、熊にはちみつをもってきてやった。

翌朝、また、かれらはいなか道を歩いていた。おじさんはゆったりとした呼吸で、ひと息に三歩のあゆみ、熊は熊の足どりで、そのうしろをのっしのっしとついていった。歩くときは、ひとこともことばをかわさなかった。おじさんは道が細い細い一本の線になってきえてゆくかなたの地平線を見つめ、熊はおじさんの長靴が大地をふみつける音に聞きいって、歩いた。雷が鳴ろうといなずまが走ろうと、暴風がうなりをあげてのたうちまわり、生きものすべてがおそれてかくれ家にひそんでしまうときでさえ、なんのためらいもなくあゆみつづける、かれらのすがたが見られるのだった。ゆったりと、せすじをのばして、ひと呼吸に三歩のあゆみですすむかれらのすがたが。

日が暮れると、かれらは泉のそばに腰をおろし、おじさんが火をおこして食事のしたくをした。そうしてどちらもおなかがいっぱいになると、熊はおじさんのふくらはぎをひっかいてせがんだ。

「ねえ、おじさん、おはなし！」

空には無数の星があるのに、おじさんはそのひとつひとつについて、はなしを知っていた。熊は、おじさんがなにかひとつはなしをしてくれるまでは、せがんでせがんでねかそうとしなかった。

おじさんはフライパンの下のおき火がすっかりきえるのを待った。そして両手でひざをかかえると、四つのきらめく星の車をひいて毎晩大空をかける、黒熊のはなしをした。

熊は、身じろぎもせず、耳をそばだてて聞いていた。

それから熊おじさんは、神さまにはなしかけた。

「神さま、さあそれじゃあ、角笛をふいて歌をお聞かせもうしますよ。この熊公のためにもな」

きまったひとつの音しかでないのに、おじさんは、いつも、それを「歌」といった。ひとつきりの音だったが、おじさんがふくと、それはそれは美しく、やさしい音色がでるのだった。森の動物たちがみんな頭をもたげ、うっとりと聞きいったほどの音色だった。熊は前足に頭をのせ、そっと鼻を鳴らした。神さまもそのきよらかな音色をおよろこびになったにちがいない。なぜなら、熊おじさんの角笛が鳴りはじめると、森のざわめきがぴ

たりとまるのだった。そして笛の音が静かにきえかかると、こんどはそのこだまが、かすかなメロディーをかなでた。それは、銀の玉をころがしたように、澄んだ美しいメロディーだった。

「そら、またあのメロディーだ。聞こえるかい？」

おじさんは熊の耳にささやいた。

熊はこっくりとうなずいた。かれらはほとんど息もとめて聞きいった。

それから横になり、ねむった。おじさんは熊のふさふさした毛にからだをよせてあたたまりながら。夜が、厚い黒いマントで熊とおじさんをつつみこんだ。

こうして日がすぎていった。熊とおじさんは、村から村へとまわっていった。おじさんは七つのまりでお手玉をし、熊はおどりをしてみせながら。夕暮れがおとずれると、おじさんは角笛で、あのきまったひとつの音をふいた。熊と、友だち——神さまのためにふいた。

かれらがやってくると、だれもかれもみんなよろこんだ。

ところが犬だけは、熊がとおりかかるとうなり声をあげていきりたち、つながれたくさりをぐいぐいひっぱるのだった。どの犬も、おどりのできる熊がうらやましかったのだ。けれども、熊の強い前足がこわかったので、とびかかっていこうとはしなかった。

ある日、かれらはにわとり屋にであって大よろこびした。そのにわとり屋には、もう十年もあっていなかった。

熊おじさんとにわとり屋と熊の三人は、火

をかこんで腰をおろした。そしておなかがいっぱいになり、のどのかわきもいやされると、熊おじさんが新しい星のはなしをひとつした。そのあと、三人はあのかすかなメロディーに耳をすませた。

「聞こえるかい、あのメロディー？　おれが角笛をふくと、毎晩ひびいてくるんだ」

熊おじさんが小声でいった。にわとり屋は目をつむり、両手を貝がらのようにして耳にあてた。

「うん」にわとり屋はそっといった。「ほんとだ、ほんとだ、おれにも聞こえるよ」

その顔はよろこびにかがやいていた。

三人はもうねようと横になった。すると、にわとり屋がなにか、ぶつぶつ小声でなげきはじめた。熊おじさんは、

「どうしたんだ、おまえ。なんだかかなしそうじゃないか。心配ごとがあるみたいだな」

と、声をかけた。にわとり屋はいった。

「ドゥダのやつらが、このあたりにやってきてるんだよ。ゆく先ざきでにわとりをぬすむんだ。おれはもう年よりだし、もしおれのにわとりもぬすまれたらどうしようかと思ってなあ」

　すると熊おじさんはこたえた。

「だいじょうぶだ。心配するこたあない。おれは強いし、それに熊のいるところでにわとりがぬすまれることなんか、あるもんか」

　それを聞いて、にわとり屋はよろこび、安心した。

　翌朝、かれらは道でドゥダの一行を見かけた。まり乗りの曲芸ができるおやじと、ふたりの息子。兄のほうは、六つのまりでお手玉ができた。かれらは女を四人と子どもを

いっぱい、そしてたいこがたたける猿を一匹つれていた。車は赤と白のまだらだった。らくだも一頭つれていた。

「なんで、らくだをつれてるんだろう？」

熊おじさんはにわとり屋にたずねた。にわとり屋はこたえた。

「人を乗せるんだよ。ひと乗せ銅貨四枚でな」

「それじゃあまるでさぎ師だよ。ひでえ暴利だ」

熊おじさんは舌を鳴らしていい、熊と神さまに、ドゥダのおやじはひと乗せに銅貨を四枚もとるんだとはなした。

そのころ、町で大きな年の市が立つことになっていた。いなか道には遠近からやってきた馬車や荷車が列をなし、みんな町へ町へといそいだ。くんせい肉やバターやチーズをもった農夫たち、馬をひいて馬市にゆく男、羊毛をつみあげた手おし車をおす羊飼い、鳩売り、銀細工師、古道具屋に旅芸人たち、そして、ドゥダの一行と、にわとり屋、熊おじさん、熊の一行もその長い列につらなっていた。

ガタゴトガタゴト、ヒヒーン、メエメエ。むちがうなり、御者がどなり、「へいっ！」「それっ！」「しっ！」「はいっ！」。車軸がきしみ、女のいさかう声がとびかい、そのうえ太陽はぎらぎらとてりつけて、黄色いほこりが車輪や馬はいうにおよばず、人びとの顔にもぶあつくつもっていった。

「うへーっ、すげえ車だ。こんなの、見たことないな、メドウィーチ、ん？」

やっとのことで町について、せまい横町をとおりながら、おじさんは熊にいった。熊は毛にかぶったほこりをふるいおとして、いった。

「うん、見たことないよ！」

広場には、黄色や、ねずみ色や、青と白のしまなどのテントが、ところせましと立ちならんでいた。射的場、酒場、銅貨一枚で人魚を見せる屋台。そのとなりには、サーカスのテントがならんでいた。炎をのみこむ男がいた。つなわたりの曲芸師がいた。中国人もいた。シルクハットから白い鳩を二羽とびださせる男、卵をぱくっとまるのままのみこんで、それをそで口からとりだしてみせる男、大きなかごにサーベルを十本もつきさしておきながら、なかから無傷のおとめを立ちあがらせる手品師。

そして、ドゥダの一行もいた。銅貨を四枚とってらくだに乗せ、女たちが手相を見、おやじがころがるまりに乗って歩き、猿がたいこをたたき、息子のひとりが六つのまりでお手玉をする、ドゥダの一行が。


おっと、演歌師をわすれていました。

そう、演歌師もいましたよ。


けれどもおどる熊は一頭きりだったし、七つのまりでお手玉ができる男もひとりっきり、熊おじさんだけだった。

熊とおじさんのまわりには、たちまち人がきができた。

「七つのまりだ、まり七つだぞ」みんなはさけんだ。

「見ろよ、おどる熊だぜ、ほんとだとも、おどる熊だ」

もの見高い人たちの山は、どんどんふくれあがった。そして、にわとり屋が、白い皿をもって人がきをわけ、友だちのために銅貨をあつめてまわるころには、猿がたいこをいじり、女たちが鈴をガチャガチャ鳴らしているドゥダの赤白まだらのテントは、まわりをとりまく人もなく、ひっそりとしてしまった。みんな、おどる熊のほうに行ってしまったのだった。

　ドゥダのおやじはかんかんに腹をたてた。そして上の息子に、熊おじさんをそそのかしてくるよういいつけた。ドゥダの息子は、見物人がまた、

「見てみろ、七つだぜ、七つのまりだ。こんな芸当ほかにだれができる？　熊おじさんにしかできるもんか！」

とさけんでいるところへわりこんでゆくと、大きなわらい声をたてていった。

「ひっひっひーだ。なにが芸だよ。そんなこと、おれだってやらあ。おれだって、眉ひとつ動かさずに、七つのまりでやってみせるぜ！」

「うそだ」熊おじさんがどなった。「ここへでてきてやってみろ！　おまえのいうことが

ほんとかどうか、見せてみろ！」

「そうだ、そうだ」みんなもさけんだ。「やってみせろ。見てやるぞ！」

すると、ドゥダの息子は箱の上にあがって、大声でいった。

「みなの衆、おれについて赤白まだらのテントへ来てくれ。そうすりゃ、おれはこの熊じじいとならんで立って、七つのまりで手玉をやってみせるから！」

「それ行け」人びとはさけんだ。「熊おじさんも行ってくれ」みんなが大声でいった。「こいつがほんとのことをいってるのかどうか、見てみようじゃないか！」

「お聞きになりましたですかい？」熊おじさんは神さまにいった。「聞いたかい、熊公？聞いたかい、にわとり屋？」おじさんはいった。「ドゥダのやつ、まったくずるい悪党だ」

そういって歯ぎしりした。そしてみんながわいわいさわぎだし、なまいき小僧たちが自分をおくびょうものよばわりしはじめたのを聞くと、熊おじさんは七つのまりをもってドゥダのテントに行った。

ふたりの男はならんで両足をひろげて立ち、ポケットのまりがさっととりだせるように入っているかどうか、もう一度たしかめた。ドゥダのおやじはもみ手をしながら、にやにやほくそえんだ。こんなにおおぜいの見物人（けんぶつにん）が自分のテントにあつまったのは、はじめてだったのだ。

「それっ、はじめろ、はじめろ！」

肉屋（にくや）がどなった。

するとふたりは、それぞれまりをふたつ、空中にほうりあげた。みんな口ぐちにいった。

「ふたつだ、ふたつだ」

つづいて三つになり、四つになった。

「五つだ」

人びとはさけんだ。

「六つだ、六つになったぞ！」

まもなくふたりの男は、目にもとまらぬ早さでポケットに手をつっこみ、七つめのまりをだした。見物人（けんぶつにん）はひとりのこらず声をはりあげてほめた。

「七つだ。うそじゃなかったぞ。ブラボー、ブラボー、七つのまりだ！」

けれども熊おじさんは、怒りで青くなりながら、そっといった。

「ああ、神さま、おたすけください！」

ドゥダの息子は、ポケットからとりだした七つめのまりを、あっというまにおじさんのほうに投げてよこしたのだった。だからいまや、ドゥダは六つのまり、おじさんは八つのまりになっているのに、神さまと熊おじさんとドゥダのほかは、だれもそれに気がついていなかった。

「わなです。あのやろうめ、おれをわなにかけたんです」

熊おじさんは小声で神さまにいった。

「ぐずぐずしていれば、あいつ、もうひとつ投げてよこすにちがいない。そうなりゃあ、おれの負けです」

熊おじさんはまりをほうりあげながら、そうっと四歩、わきへよった。そして見物人のほうにむくと、声をはりあげていった。

「さあ、みなさん、かぞえてくだされ。よーくかぞえてみてくだされ！」

人びとはかぞえてみてだまされたことを知ると、おこってわめきだした。

「さぎ師だ！」ドゥダの息子をゆびさして、いっせいにさけんだ。

「悪党！　はじ知らず！　いかさま師！　金をかえせ！」口ぐちにどなった。「だまし屋！　ぬすっと！　どろぼう！」

　そしてののしりながら、なだれをうってテントにおしかけた。ドゥダの息子はあやうく裏口からにげた。さもなければ、みんなにふくろだたきにされていただろう。

　熊おじさんはまりをポケットにしまうと、ぺっとつばをはいてから、立ちさった。王さまのようにほこらしげに、ゆったりとひと呼吸に三歩の足どりで。人びとは、おそれいってそのあとにしたがった。

　ドゥダのおやじは、自分のテントのまわりから人影がきえたのを見ると、怒りくるった。女たちは赤白まだらの車のなかにすがたをかくした。猿はさぎだのなんだの、そんなさわぎはどうでもよかったから、車の屋根にのがれて、その上でドロドロと単調にたいこをたたいていた。

熊おじさんは、熊とにわとり屋にドゥダのしかけたわなをはなし、神さまがどんなふうにたすけてくださったかをかたって聞かせた。人びとはふたたびおどる熊のまわりにおしかけ、熊おじさんのポケットは銅貨や白銅貨でふくれていった。

と、しばらくして、とつぜん、見物人のむれのなかをささやきが走った。人びとはこそこそと耳うちしあったと思うと、まるでなに

かにつかれたように、ドゥダのおやじのテントへとかけさった。おどる熊のまわりは、あくびで大口をあけたように、からっぽになった。

それというのは、赤白まだらのテントで、ドゥダの女たちがおどりはじめたからだった。しかも女たちは、よごれた赤いスカートのほかはなにも身にまとっていなかった。人びとは目をみはり口をあけ、首をつきだして、なにひとつ見おとすまいとながめた。

ドゥダのおやじは犬用のむちをピシピシふりまわして調子をとり、ふたりの息子たちは人びとのあいだにまぎれこんで、ぽかんと口をあけて見いっている見物人のポケットから、銅貨をすりとった。商売はじょうじょうのできだった。

そこからあまりはなれてもいないところで、熊おじさんはにわとり屋の車を背に、七つのまりでお手玉をしていた。見物は神さまのほかに、熊と、にわとり屋と、二匹の猫がいるきりだった。七つものまりでお手玉ができる曲芸師の見物としては、それはあまりにも少なかった。

そのとき、熊がとっとっとっとおじさんのところによっていったかと思うと、うなり声でいった。

「角笛、おじさん、角笛だよ！」

まもなく、赤白まだらのテントの前で口をあけて見ていた人びとの耳に、はだか女のおどりのチャラチャラと鳴る騒音をぬって、おだやかな、こころよい音がひとつ、静かにひびいてきた。それは、えもいわれぬ美しい音だった。人びとは魔法をかけられたように音のするほうに顔をむけ、じっと聞きいった。

やがて、かすかなメロディーが空中にみちた。きよらかな、澄(す)みきった、銀(しろがね)の玉をころがすようなメロディーが。

それを聞くと、おどっていた女たちはきゅうにはずかしくなり、くるりと背(せ)をむけた。ドゥダのおやじがどくづきわめき、猿(さる)はたいこを鳴らしつづけたが、赤白まだらのテントの前にいた客(きゃく)たちは、また熊(くま)おじさんと熊(くま)のほうに行ってしまった。そしてその日は、もうずっとそのままだった。

夜になった。

サーカスの人たちがきょうのかせぎの銅貨をかぞえていると、射的場のうしろから青白い月がのぼった。ふくろうの鳴き声がテントの上をとびかい、車輪やかじ棒のあいだを猫がしのびあるき、やがて曲芸師たちはねむりについた。

しばらくして、にわとり屋の雄やぎが、つと耳をそばだて、鼻を鳴らして右の前足で地面をひっかいた。その音でにわとり屋が目をさました。にわとり屋は熊おじさんのうでをひっぱってささやいた。

「おい、熊おじさん、おれの雄やぎが右足で地面をがりがりやったんだが。なあ、熊おじさん」ふるえながらそういった。「だれかが、おれのにわとりをぬすみにきたんじゃなかろうか?」

「心配せんでもいい」熊おじさんはいった。「熊のいるところで、にわとりがぬすまれるなんてこたあないから。おれにまかせておけ」

ところが、その熊も低くうなって耳をぴんと立てた。そこで、熊おじさんとにわとり屋と熊の三人は、見はりをすることにした。ふくろうが、ホー、ホー、ホー、と十八回鳴いた。そのとき、草原のむこうから、三つの人影がこちらに近づいてくるのが見えた。腰をかがめ、しのび足でやってくる。だいぶ近くまで来たとき、それがドゥダのおやじとふたりの息子であるのがわかった。

「ドゥダのおやじと息子たちだ」

熊おじさんはふたりの友だちにそっといった。

「あの悪党じじいめ、なにか悪だくみがあってやってきたにちがいない。まちがいなしだ」

熊おじさんが目をこらすと、ドゥダのおやじは手に革の犬用のむちを、息子のひとりはこん棒を、もうひとりは光るサーベルをさげているのが見えた。

「待てよ、ふくろはもってないな」おじさんは首をかしげた。「にわとりをぬすもうというのなら、ふくろをもっているはずだ」

熊おじさんは、神さまにむかってささやいた。

「こりゃあ、あらっぽい大立ちまわりになりそうです。どうぞおれたちをお見すてなく」

ドゥダのおやじは、熊おじさんとその友だちがおきているのを見ると、舌うちをしてあくたいをついた。そして、四歩はなれたところに立ちはだかると、目をぎょろつかせ、がらがら声でいった。

「角笛をだせ！」

熊が耳をつきだしてかまえ、うふーっと息をはいた。

「角笛だ」

ドゥダのおやじがおそろしい声でいった。息子のひとりがそのあとをとって、

「命がおしけりゃ、だすんだ！」

といって、こん棒をふりあげた。三ばんめのドゥダがサーベルを空中でふりまわしながら、からかった。

「それとも、なにかい、おれたちがそのひんそうな熊一匹をおそれてるとでも思うのかよ、え？」

たたかいの　ようす

熊おじさんはひとこともかえさなかった。だが、目は挑戦者をじっと見すえたままはなさなかった。

「三つまでかぞえてやる！」ドゥダのおやじがどなった。「一！」——熊が身をかがめた。

「二！」——熊おじさんが鉄のフライパンをにぎりしめた。

「三！　うせやがれ！」

ドゥダのおやじの声が雷のように鳴りひびいた。

おやじはビュッとむちをうならせ、熊の急所めがけてうちおろした。熊は、輪のはまった鼻先をやられて大声をあげ、痛みのあまりからだをまげた。が、ドゥダのおやじがつぎのひとふりをふりおろすより早く、うぉーっとうなっておそいかかり、自分をうったその男を服とはいわず皮膚といわず、ずたずたにひきさいた。

するとニ番めのドゥダがとびかかってきて、熊にむかってこん棒をふりあげた。だが、そのうでを熊おじさんのフライパンがはっしとうった。にわとり屋は素手でたき火の赤い灰をつかむと、三番めのドゥダの顔に投げつけた。

「うへーっ、おら、なにも見えん。なんにも見えん!」

三番めのドゥダはわめきちらして、気がくるったようにサーベルをめったやたらとふりまわした。

「来てくれ、悪魔のやつ、おらをたすけてくれーっ!」

やってきたのは熊だった。ドゥダにはもう命がけの戦いとなった。ドゥダの三人はひっしで身をかばい、おいはぎできたえた力をふるって組みつき、なぐったが、熊おじさんと熊のほうが強かった。とうとうニ番めのドゥダが組みふせられた。熊おじさんがその胸にひざを立てると、ドゥダはあわれな声でなさけをこうた。

「天の星ぜんぶにかけてちかうよ。おれが生きてるかぎり、おれたちドゥダは、ぜったいにおまえらに手だしはせんとよ」

そこで熊おじさんは負けたドゥダをはなしてやり、熊をなだめてやった。


うちひしがれ、うちのめされて、三人のドゥダは、ひとこともいわずに足をひきずりながらさっていった。ドゥダの親子は、熊おじさんと熊をペストのようににくんだが、おそれのほうがもっと強かったので、そのあと死ぬまで、ちかいのことばをやぶることはしなかった。

熊おじさんは傷に薬草をはった。ふたりの友だちの傷にもはってやった。にわとり屋は泉に行って、やけどをした両手をひやした。それからみんなで神さまにお礼をいい、横になって休んだ。ふくろうが鳴き、星はなにごともなかったようにまたたいていた。

そうして、熊おじさんと熊とにわとり屋の三人は、またいなか道を歩いていった。

やがて、日が長くなり、夜がみじかくなった。そして月が四度めにまんまるくみちるころ、農夫は小麦をかりいれた。

にわとり屋は友だちにわかれをつげ、にわとりをつれて畑に入っていった。

冬が来た。

農夫や子どもたちは氷のはった湖にあつまって、玉ころがしをしてあそんだ。

空がぱっと明るくひらける季節(きせつ)が来た。
りんごの花が咲(さ)き、色とりどりの鳥がアフリカからわたってきた。

いなか道に白い土ぼこりがあがりはじめた。
こおろぎが鳴き、農夫(のうふ)は穀物(こくもつ)のとりいれにでかけていった。

いく百いく千もの小さいくもが巣をはり、田園に魔法をかける季節が来た。

色とりどりの鳥は、またアフリカへ帰っていった。

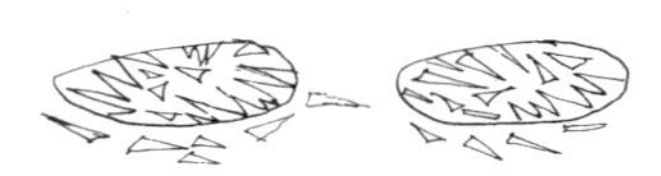

水たまりにはった 薄氷を ふみわる 熊おじさんと 熊

そして木の葉が朽ち、じゃがいもをとりいれたあとの野火がもえた。寒い朝が来、霜がおり、水たまりに薄氷がはった。木枯らしがふきあれ、雪になり、また冬が来た。

月日がながれた。おじさんと熊がはじめてやってきたとき農夫たちが庭にうえた若木は、二度めに来るころにはりっぱな木に成長し、実もつけていた。

そこへ、自動車があらわれた。

はじめはごくわずかで、熊おじさんと熊のそばをとおりすぎるとき、乗っている人がぼうしをふっていったりした。

けれどもその数はどんどんふえ、形も大きくなり、ガスをふき雷のような音をたてて、ものすごいスピードをだしはじめた。

まもなく、道は旅芸人の歩く余地もなくなった。しかたなく、かれらは畑のなかのあぜ道をたどった。

ドゥダのおやじは死に、六つのまりでお手玉のできた上の息子は手に職をつけ、家をたててひとつところに住みついてしまった。三番めのドゥダはおいはぎをしてあちこちさまよいあるいたすえ、のこりの生涯を牢獄ですごさねばならなくなっていた。

太陽、嵐、雨が、熊おじさんの顔にかぞえきれないひびやしわをきざみつけ、髪は雪をいただいたように白くなった。それでもまだ、おじさんと熊の歩くすがたが見られた。胸をはり腰をのばして、ひと呼吸に三歩の足どりで歩くすがたが。

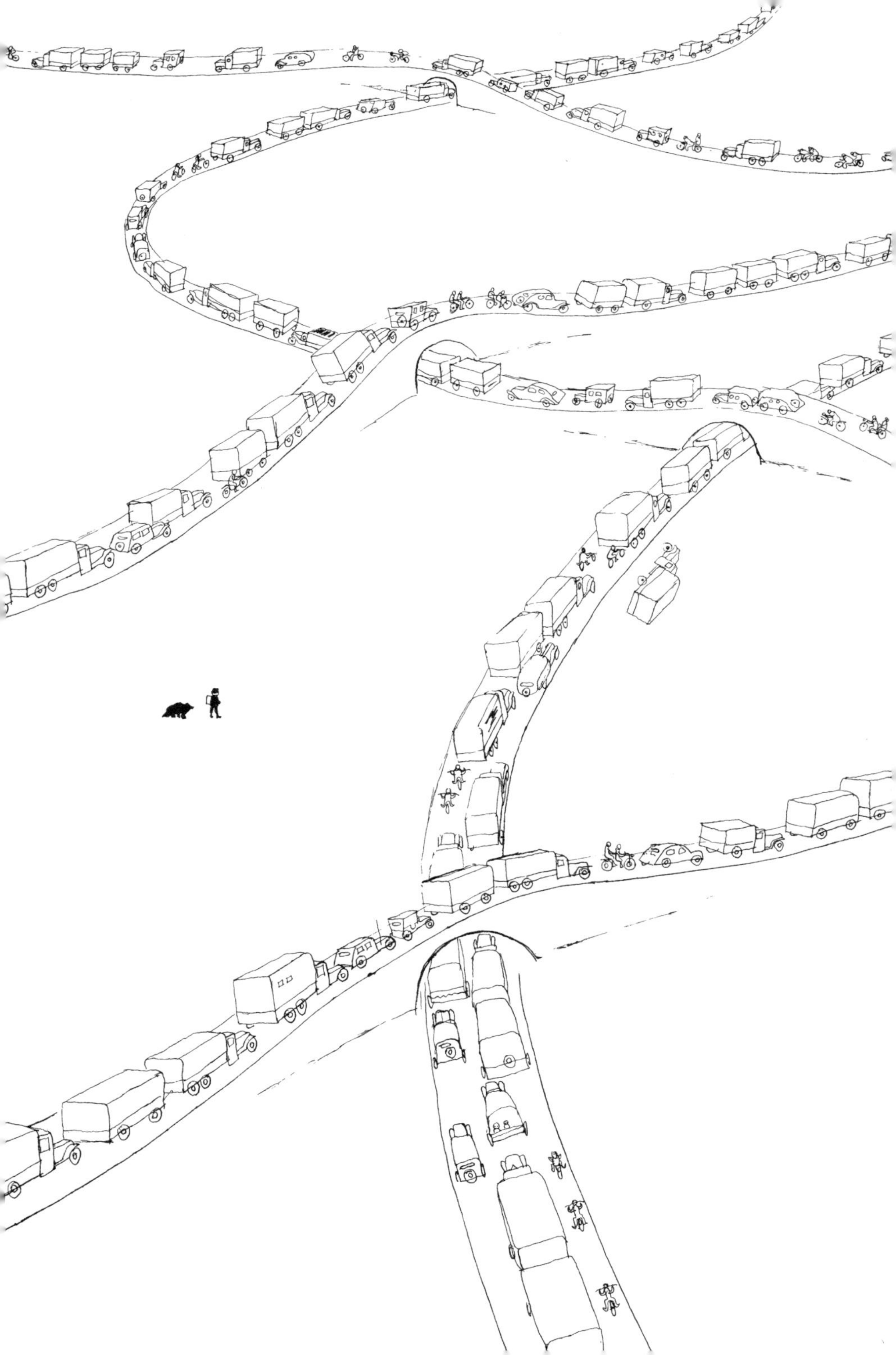

大地が、まるで悪霊におしつけられてでもいるような時期がある。それは、冬のひどいひえこみの最後の波がひいてから、空がぱっと明るくなるまでのあいだのいく日かだ。山からなまあたたかい風がおりてきて、口笛をふき、のどを鳴らし、家いえの屋根につめを立てる。老木はかさかさになった皮の下でみしみしとうめき、ぱちっとはじける。はるか地平線には緑色の光がちらつき、強風がよごれた雲にむちをあてて、灰色になった雪野原までふきおとす。

そんな夜、農夫たちは、魔女がしのびこんで、人間や家畜にわざわいをもたらすことのないよう、家や家畜小屋の戸にしっかりと錠をおろし、通りを歩こうとするものなど、ひとりもいない。

熊おじさんと熊は、雨やどりのできそうな小屋はないかとさがしながら、黄ばんだ雪をふみしめて歩いていた。雨が、上着や毛をとおして、はだまでぬらしていた。寒かった。あちこちの村で、番犬がほえた。そのつど、熊は鼻を鳴らした。ときどきあゆみをとめて聞き耳を立て、あたりをうかがって先にすすもうとしなかった。

あるまがり角に来たとき、ふりかえって見ると、小さい犬が一匹、あとをつけてきていた。つぎのまがり角では、六匹にふえていた。熊の目が怒りにもえた。熊おじさんは石をひとつひろって、犬のむれに投げた。のら犬どもはいったんはとびのいたが、すぐまた音もたてずにどこまでもついてきた。

農園から、森から、やぶのなかから、つ、つ、とあらわれでてくる犬がどんどんくわわって、熊おじさんのうしろにぶきみな行列がつづいた。ときどき風のざわめきがちょっととだえると、犬どものいたけだかな息づかいが熊おじさんと熊に聞こえ、ふりむいてみると、口をあけ、舌をつきだし、歯をむきだしているのが見えた。

「やつら、徒党を組んでかかってくるつもりだな」

熊がうなった。そして犬のほうにむきなおると、あと足をひらき、ぐっとからだをかがめ、耳をつきたてて身がまえた。それを見て熊おじさんは、これは死にものぐるいの戦いになるとさとり、神さまにつげた。

おじさんは角笛を口にあてた。やわらかなやさしい音が風のうなりにまじってながれだすと、犬はみな化石になったように立ちどまった。緑色に光る目だけが、熊おじさんの角笛を、眼光でもぎとろうとするように、にらみつけていた。熊おじさんが角笛をふきつづけているあいだ、犬のむれはにじりよりもしなかった。しかし、雨が角笛のなかにしみこんでゆくにつれ、音はしだいに弱くなっていった。

角笛の音がきえた。と、たちまち最初の一匹がかかってきた。だが、熊の前足が一撃でその背骨をくだきわった。つづいてかかってきた何匹かも、同じだった。一匹ずつ、声もたてずにつっこんできては、のどをぜいぜいいわせて死んだ。

熊おじさんは、身の毛のよだつ思いがした。おじさんは「へーっ、ほーっ！」と、声を

かぎりにさけぶと、鉄のフライパンをふりまわした。

　まるでなにかの呪文を待っていたかのように、ぜんぶの犬がいっせいにすさまじい声でほえ、おじさんと熊におそいかかってきた。

　おじさんは一本の木を背にして背後をまもり、のどもとをねらってとびかかってくる犬の頭を、一匹一匹フライパンでぶちわった。熊はかかってくる犬の腹にかみつき、前足で血まみれのえものをおさえつけ、毛にかみついてくるやつは、地面にからだをたおし、巨体の下じきにしてやっつけた。

　しかし、一匹やっつけるごとに三匹の新手がおそってくるありさまで、熊とおじさんの力はしだいに弱まるのに、のら犬どもの数はふえるいっぽうだった。

　不公平なこの戦いのさわぎは、ずっとはなれた人里まで聞こえた。野犬のさけび、熊のうなり声、熊おじさんがフライパンをうちおろすにぶいひびき。農夫たちが手に手に鉄の棒や斧をもってかけつけ、犬のむれをおいちらしてくれたとき、おじさんと熊は、もう力もつきるところだった。おじさんは息もたえだえに木によりかかり、熊の横腹からは血が

ながれていた。だが、命はとりとめた。

　この日から、熊おじさんの肩が、いつも重い荷物をせおっているかのように、すこし前に落ちたことに、人びとは気がついた。あゆみをとめる回数もふえ、立ちどまっては友だちである神さまにはなしかけたり、熊をちょっとつついて、あたりをゆびさしていうのだった。

「見てみろ、熊公。なにもかも、なんて美しいんだろう。なんてひろびろとして、きれいなんだろう！」

「わかってるよ」熊は鼻を鳴らしていぶかった。「もう、百回も聞いたよ」

　木々に花が咲くと、老いた熊おじさんは毎日、日がしずむまで石に腰をおろしてたのしんだ。

「なんだい、おじさん、花は毎年咲くじゃないか。おんなじだよ。どうして先にすすまないの？」

と熊はたずねた。だが熊おじさんはこたえた。

「今年がいちばんきれいなんだ。こんなにきれいに咲いたことは、はじめてだよ」

その夜、おじさんと熊はある泉のほとりで休んだ。おはなしのあと、あのかすかなメロディーに耳をかたむけ、それからおじさんは角笛をはずして、銀のくさりごと熊の首にかけてやった。

「この角笛をもってると、いいことがあるからな」おじさんはいった。「きっといいことがあるよ」

あたたかい夜だった。あちこちの沼からかえるの合唱が聞こえ、黒いかぶとむしが木のみきからみきへ、うなりながらとびうつっていた。が、やがてとても静かに、ながれ星のながれる音が聞こえるほど静かになった。そして熊がねいってしまうと、おじさんはそのあと、だいぶ長いあいだ、友だちである神さまとはなしをした。

翌朝、熊は毛におりた朝つゆをふるいおとすと、鼻先でおじさんをつついていった。

「おきてよ、もう日がさしてるんだから！」

熊おじさんは動かなかった。そこで熊はおじさんの両足をひっぱってうなった。

「おじさん、日がさしてるんだよ、日がさしてるんだよ！」

熊おじさんは動かなかった。

熊はおどろいた。いままで、熊おじさんがこんなに深くねむりこんだことは一度もなかった。熊はおじさんのふくらはぎをちょっとひっかいて、ねだってみた。

「おはなし、おじさん、おはなしをしてくれよ！」

おじさんはこたえなかった。すると熊は立ちあがって、おどりはじめた。年の市でしたように、おどりながらおじさんのまわりをまわってみた。

「どうだい、おじさん。ぼくのおどり、うまいだろ、ん？」

鼻を鳴らしてそういいながら、こんどこそおじさんがウインクして、

「うまいぞ、メドウィーチ。いい調子だ！」

とこたえてくれるにちがいないと思った。だが、おじさんはだまったままだった。

「ぼく、先にゆくよ」

とうとう熊はぷいとしていい、ゆっくりと歩きだした。ひとりで先にゆかせることなどしないとわかっていたから、ときどき立ちどまり、足をひきずってついてくる熊おじさんの足音が聞こえないかと耳をすましてみた。だいぶ行ってから、熊はそっとふりかえってみた。けれどもおじさんはついてきてはいなかった。

熊はしかたなく、またとことこともどってきた。そして友だちである熊おじさんのそばにすわると、ひもじさが胃をよじり、かわきがのどをしぼりあげても、その場を一歩もはなれずに、おじさんのねむりを見まもった。前足に頭をのせ、かなしそうにうなりながら。

三日め、ゆうびん屋がとおりかかった。

「おはよう、熊おじさん、きょうはあったかいねえ」

そういいながら、おじさんとちょっとしゃべっていこうと、泉のそばへやってきた。近くまで来て、ゆうびん屋は熊おじさんが死んでいるのに気がついた。そして熊が飢え死にしかけていることにも。ゆうびん屋は村に走っていき、村長や農夫たちに知らせた。

人びとはみんな泉へいそいだ。おじさんは死んでいた。子どもたちは熊に食べものをもっていってやった。さしもの師がひつぎをつくった。ふたの上に、銀のボタンを七つつけたひつぎだった。

みんなは、いなか道にそった墓地におじさんをほうむった。いなか道はおじさんの故郷だったから。そして、おじさんが信心深い人だったのを知っていたので、墓石につぎのようなことばをほりつけた。

ここに　熊おじさんねむる
神を畏れうやまいつつ　村をまわり
七つのまりでお手玉ができた
子どもや　すべてのよき人びとの友だちであった熊おじさん
神よ　かれをみすくいにあずからしめたまえ　アーメン

ひつぎのあとに角笛を首にかけた熊がのそのそとしたがい、墓地でおとなの立つ余地がなかったほどおおぜいの子どもがそのあとについていった、いっぷう変わった葬列は、その後もだいぶ長いあいだ、あたりの村むらでかたりぐさとなった。

葬式がすむと、人びとは熊を消防ポンプの車庫に入れ、錠をおろしかんぬきをかけた。そして、村の長老たちが村長のところにあつまって相談した。まず村長が発言した。

「えーと、みなさん、このたび熊おじさんの死去という事態がおこりました。――神さま、かれをみすくいにあずからしめたまえ――。そこで、熊はだれかがもらえることになったのであります。あの熊はなかなかよい熊で、力も強い。畑仕事の役にたつにちがいない。あの熊を自分の家畜小屋にひきとろうと思うものは、どうか右手をあげていただきたい」

熊を自分の家畜のなかまにしようというものは、ひとりもいなかった。だから手はあがらなかった。

「熊がなんの役にたつかね」農夫たちはいった。「雌牛のように、乳でもだすというのですかい？」口ぐちにいった。「それとも雄牛のようにすきをひいてる熊を、だれか見たこ

とがあるかね?」「だめだ、だめだ」みんなはいった。

「熊なんて、ひゃくしょうにはなんの役にもたちやしない!」

そこで、村長はいった。

「くさりにつないでおいて、番犬のように家や中庭をまもらせることもできると思うがな」

しかし村人たちはいいかえした。

「それにしちゃあ、えさがかかりすぎるよ。熊一頭で、番犬五匹分も食うにちがいねえ。そこを考えんことにゃあ!」

つぎの日、十一人づれのロマが村をとおった。村人たちは、毛織物十五尺とひきかえに、熊を売りはらった。

熊は鉄のくさりにつながれ、かさぶただらけの骨と皮ばかりにやせた二匹の犬にはさまれて、ロマの車のうしろを歩かされた。つかれきってすすめなくなると、ロマが鼻輪につけたくさりをぐいぐいひっぱるので、鼻輪はやけた鉄のように肉に食いこんだ。せなかをむちでピシピシぶたれもした。そのうえ、飢えとかわきもひどかった。子どもたちがもってきてくれるはちみつも、ロマの女たちがとりあげてなめてしまい、熊の口には一滴も入らなかった。

そうなっても、あの銀のくさりにつるされた熊おじさんの角笛だけは、ちゃんと首にかかっていた。だれかがそれに手をのばそうものなら、熊は、おこって前足でうちのめすのだった。

こうしてロマの車にひきずられながらも、熊が飢えと痛みでくたばってしまわなかったのは、友だちになったヨショーという男のおかげだった。ヨショーは、毎晩、ロマたちがねむりにつくと、そっと熊のところに行った。そして、傷に薬草をあててひやしてやり、パンやはちみつをぬすみだしてあたえ、水をはこんできてのませた。

寒い夜はいっしょに車の下にもぐりこんで横になり、ヨショーは熊の毛であたたまりながら、ロマがながれあるく、さまざまな国のはなしをしてやった。

あるとき、ヨショーはこんなはなしをした。

「ねえ、おまえ。熊ってものは、くさりにつながれて、車のあとからひっぱってゆかれるために生まれてきたんじゃないんだよ。あの山なみのむこうがわ、そら、朝お日さまののぼるところだ。あそこはずうっと大きな森ばかりなんだ。その大きな森には森そだちの熊が住んでいる。一日じゅうえものをおってかけまわって、夕方になると川におりていってのどのかわきをいやすんだ。そして夜には岩山のほら穴に入ってねる。春になるとみんなで野原にでてあそぶんだよ。すると、ちっちゃな小犬のような赤んぼ熊が生まれてね、小鳥のようににぎやかにはねまわるんだ」

「ぼく、まだそんな大きな森に行ったことないなあ」

熊がそういうと、ヨショーはいった。

「熊はみんな森で生まれるんだよ。でもね、ときどき人間がやってきて、ほら穴の前のしげみにかくれてね、夕方親熊が川へおりていったすきに、穴にしのびこんで子熊をぬすむんだ。そして鼻に鉄の輪をはめてくさりにつなぐ。そのくさりを高くつりあげる。子熊は痛くてたまらないから、あと足でつま先立ちになる。そうやって、二本足で歩くことをしこむのさ。二本足で歩けるようになると、こんどは、熱い鉄板の上を歩かせる。熊は足の裏がやけついちゃたいへんだから、かた足ずつとびあがる。そのとき、音楽を聞かせるんだ。こうしておどりをおぼえさせる。しばらくすると熊は、音楽が鳴りだすと、足をあげなきゃやけどをすると思って、おどりだすというわけさ。そんなにして大きくなったころ、熊つかいに売られる。そのころには熊はもう、森のことなどすっかりわすれてしまって、くさりにつながれておどることしか知らなくなっているというわけだ」

「ぼくはくさりにつながれたことはなかったよ。それに、熊おじさんははちみつもくれたし、毎晩星のはなしも聞かせてくれた」熊はいった。「ぼくはしあわせだったな」しみじみといった。「だけど、いまは、ぼく、その大きな森に帰ってゆきたいなあ！」

それを聞くと、ヨショーは熊のくさりをはずして自由にしてやった。

「元気でいろよ！」そっと声をかけた。「気をつけるんだよ。きっと、みんなさがしまわるだろうから、昼間はしげみのなかにかくれていなきゃだめだよ」

まるで猫のようなしのび足で、熊は夜にまぎれてすがたをけした。空をあおぐと、黒熊が星の車をひいているのがふたたび見え、ふくろうのよびあう声が聞こえ、大気は澄んで木の葉の味がした。

大きな森への道は、遠く、けわしかった。熊は、なんども川をおよぎ、岩山をよじのぼらねばならなかった。雨がふって太陽が見えないときなど、よく道にまよった。谷あいにすべりおちたり、吹雪にうもれそうになったりもした。ひもじくて飢え死にしかけたこと

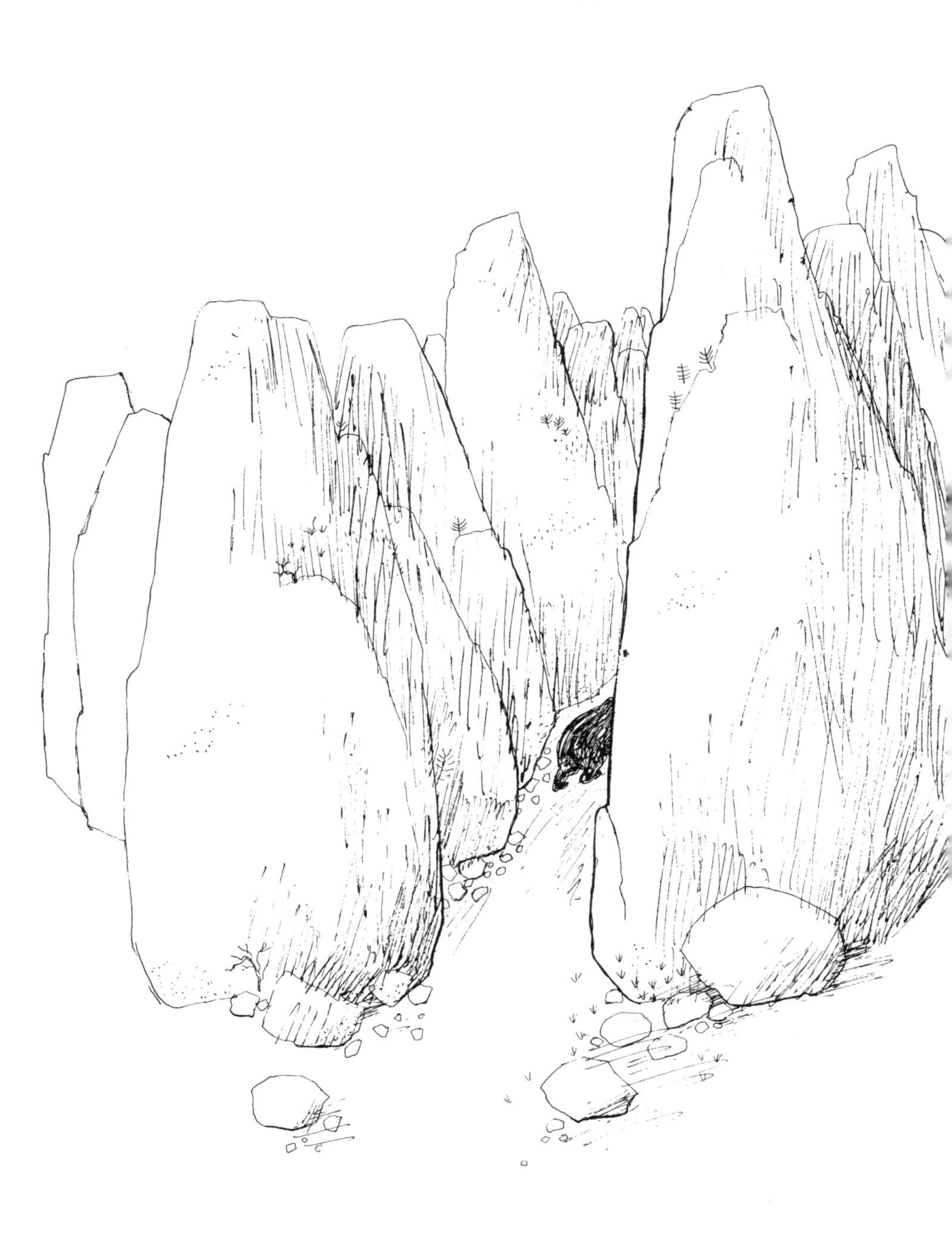

もたびたびあったし、かりゅうどにおわれて、銃弾がかすめとんだことも四度あった。

だが、色とりどりのきれいな鳥が、またアフリカからわたってくるころ、とうとう大きな森にたどりついた。熊は、森そだちの熊がなかまどうしつれだっているところへ行って、はなしかけた。

「ぼく、メドウィーチっていうんだ。おどる熊だよ。ロマからにげだしてきたんだけど、ねぐらにするほら穴をおしえてくれないかい?」

ところがその熊たちが返事をするより早く、年とった一頭の雌熊が、わきからいじわるく口をはさんだ。

「だめだよ、みんな。こんな熊のいうことを信用しちゃいけないよ。鼻に鉄の輪をぶらさげているじゃないか。人間につかわれているのさ。わたしたちのほら穴がどこにあるかさぐりにきたんだから、信用しちゃだめだよ!」

それを聞いて、ほかの熊たちもうなっていった。

「だめだ、だめだ。鼻に鉄の輪をはめてるやつなんか信用できないよ。おまえは人間ども

のまわしものだい！」

「鉄の輪をはずしてきて、わたしたちと変わりない熊だってことを見せればべつだけどさ！」

年よりの雌熊が、またがみがみいった。

ほかの熊たちもはやしたてた。

「おれたちとおんなじ熊だっていうんなら、その鉄の輪をはずしてこい！」

「ぼくにはこの輪をはずすなんてこと、できやしない」メドウィーチはこたえた。「これは、ぼくがまだ小さかったとき、お母さんのところから人間にぬすみだされてはめこまれたんだ。鉄を鼻につきさして、両はしをくっつけてしまってあるんだから！」

「いいわけはだれにだってできるさ！」森に住む熊たちは鼻を鳴らしていった。「とにかくおまえは鉄の輪をくっつけてるんだから、いまも人間につかわれてるんだろ。そんなやつとかかわりあいになるのはごめんだよ」

そういうと、ひとりおきざりにして、みんなで行ってしまった。

熊はかなしかった。鉄の輪をはずすことなど、できないとわかっていたから、かなしかった。

熊は、いままでは自由な身の森の熊として、あちらの森、こちらの森と歩きまわり、ひもじさになやむこともなく、くさりにつないでつれてゆこうとする人間がやってくるおそれもなかったが、どこに行っても森そだちの熊からさげすまれ、雨風から身をまもるほら穴はもてなかった。

熊はいつもひとりぼっちだったので、また人恋しくなり、森のはずれに立って畑の農夫たちをながめていることが多くなった。

やがて夏が来た。村人たちのかりいれを見ていた熊は、農夫が鎌を黄色い石でといでいるのに気がついた。熊は黄色い岩をさがしまわった。そして鼻の鉄の輪を黄色い岩におしつけ、夜も昼も、ほとんどひと息の休みもとらずに、こすりつづけた。十二日め、ついに鉄がすりきれ、輪がはずれた。

　いまや生まれたままのすがたになった熊は、あらためて森の熊たちのところへ行った。輪をくっつけていないのを見た森の熊たちは、すぐになかまに入れてくれ、住みかにする穴をおしえてくれた。あの年とった雌熊は、それでもまだ、

「角笛をつけたくさりを首にかけてるじゃないか。森の熊なら、首に角笛なんかぶらさげてやしないよ」

と、うるさくいったが、もうそれに耳をかす熊はいなかった。

サーカス熊だった熊が、毛むくじゃらのなかまたちとすごした毎日は、それはすばらしい生活だった。森から森へえものをおってかけまわり、ふざけあい、あばれあい、日曜日にはみんなでごろんと横になって、ふりそそぐ日の光をたのしんだ。日曜日でなくても、気のむくままに、のんきにねころんだりもする生活だった。

こうして天国にいるような毎日をおくっていたのに、熊は、熊おじさんのことがどうしてもわすれられなかった。そして、年の市のことや、あのかすかなメロディーのことを、よく夢に見た。

ときどき熊は、そっといなか道にでて、右をうかがい左を見てから、白いほこりのいなか道を、とことことどこまでも歩いてみた。すると、自分の前を熊おじさんが足をひきずって歩いている足音が聞こえるような気がするのだった。

やがて冬。どうしようもなく人恋しくなった熊は、鐘の音を聞き、子どもを見たい一心で、とうとうある村のはずれまででていった。

ところがちょうどそのとき、村ではさわぎがもちあがっていた。おおかみが家畜小屋におしいって、羊を食いちらしたのだった。村じゅうの男がみんなで犬をつれ、たいまつをかかげて、どろぼうの足あとをさがしていた。

おおかみの足あとは、風がとっくにけしさっていたが、男たちは村はずれにやってきて、熊の足あとを見つけた。

そこでかれらは銃に弾丸をこめ、新しいたいまつに火をつけて、長い列になって熊の足あとをたどった。

朝、空が白みはじめるころ、男たちは熊のほら穴の前にたどりついた。犬のけたたましくほえる声が、熊をねむりからさました。

犬のほえる声！　これほど熊の怒りをかきたてるものがほかにあっただろうか！　熊はうなり声をあげて、ほら穴の入口で身がまえた。そして犬どもがとびこんでくるが早いか、前足をふりおろしてたたきのめしてしまった。

「やったな！」男たちはさけんだ。「よくも殺したな！　おれたちの羊を食いちらしておいて、いままた犬まで殺しやがったな。やい、かくごしろ！」

すると熊はしゃんと二本足で立ち、ほら穴の外にでてどなった。

「ちがう！　ぼくは羊を食い殺したりはしていない。羊を殺したりなんかするものか！　犬はべつだ。犬だけはがまんならないんだ！」

一瞬、男たちはまひしたように立ちどまり、首に銀のくさりで角笛をつるし、まっすぐ立っている熊のすがたを、ぎょっとして見た。が、つぎの瞬間、銃声が鳴った。熊は横腹に、槍でつきさされたようなおそろしい痛みが走るのを感じた。

熊はよろめいた。傷口から、まるでわきでる泉のように、血がどくどくとながれた。だが男たちが銃に弾丸をこめているあいだに、熊はからだをひきずって穴のなかへはいもどった。

するると男たちは穴の前で火をもやし、そこへしめった落ち葉を投げこみはじめた。風が、もくもくとあがる刺すような煙を、穴のなかにふきこんだ。

「ぼくをいぶりだそうというんだな」と熊は思った。「このまま穴のなかにいれば、息がつまってしまう」

熊はもう一度、最後の力をふりしぼって身がまえ、はずみをつけて穴からとびだした。そしてひととびで、たき火のまんなかにふみこみ、あっというまにけちらした。煙と炎が八方にながれた。たちこめる煙にまかれて、男たちはたがいの見わけもつかず、やたらに発射した弾丸は、あたるはずもなかった。そこへ熊がたいあたりしてきた。うんよくおそろしい前足のつめからのがれることのできたものも、命からがらにげさった。

足音が遠ざかり、もの音がしなくなってから、熊は重いからだをひきずって、また穴のなかへもどった。腰がずきずきと痛み、わき腹が小きざみにふるえた。前足は力なく地面に投げだされていた。だが、熊は死ななかった。いなか道をふきあれた嵐が、ロマのむちが、熊をきたえていた。傷口の出血はすこしずつおさまり、熊は深い、長いねむりに落ちた。

穴の前の雪がとけ、草が芽ぶきはじめるころ、傷はなおっていた。そして熊のからだじゅうに、ふたたびかつての力がよみがえっていた。熊はまた森から森へと歩きまわった。森の動物にはみんなからあがめられ、人間にはおそれられながら。

その後、熊は人間をさけるようになった。といっても、やはりいまもいなか道には心をひかれ、あのかすかなメロディーを夢見た。そして子どもが好きでたまらなかった。だから、いちごの実のうれるころ、子どもたちがかごやつぼをもって森にやってくると、熊はとてもよろこんだ。

あるとき、いつもの森を歩いていて、道にまよった男の子にであった。もう夕やみがせまり、近くでおおかみがうなっていたので、熊はその子を自分のほら穴につれかえった。

あくる朝、男の子は熊のふさふさしたせなかによじのぼり、首のくさりにしっかりつかまった。熊は乗り手を背に、のっしのっしと村に入っていった。男の子が「わーい、大きな犬だろう、わーい」とさけぶと、熊はよろこんで鼻を鳴らした。

人びとは家の門先に立って十字をきり、口ぐちにいった。

「これはおどろいた、これはおどろいた！」

その日一日じゅう、熊は忠実な番犬のように門先にすわっていた。

子どもたちがはちみつをもって、つぎつぎにやってきた。そしてせなかによじのぼり、毛をつまんでひっぱったりすると、熊はうれしそうに鼻を鳴らした。

日がしずむころ、熊はのっそりと立ちあがって、村道をとおり、森に帰っていった。どうどうと頭をあげ、ひと呼吸三歩の足どりで。

その日から、いつも夕方になると、熊が森の自分のほら穴の前で頭を前足の上にのせ、耳を大山猫のようにぴんと立てて、うずくまっているのが見られた。そのそばにはあの男の子が腰をおろし、星をゆびさして、熊にはなしをしてやっていた。

はなし終わると、男の子は、熊がくさりにとおして首にかけている角笛を手にとって、ふいた。あの、きまったひとつの音を。その音色があまりにも美しかったので、森は魔法にかけられ、木々のざわめきはとまった。しばらくすると、あのかすかなメロディーが森から聞こえてきた。きよらかな、銀の玉をころがすような、澄んだメロディーが。人びとはみんな仕事の手を休め、森からながれてくるそのメロディーに聞きいった。

日がすぎ、年がながれた。

冬が来ると、農夫や子どもたちは、こおりついた湖にあつまって氷の上で玉ころがしをし、動物は地中の穴にもぐってねむった。空がぱっと明るくなると、りんごやさんざしの花が咲き、色とりどりの鳥がアフリカからわたってきた。いなか道に黄色いほこりがたち、ちらちらと陽光がもえると、作男たちは麦のとりいれにでていった。夏も終わりになると、無数のくもが空中に糸をはり、小春びよりの日をうけてあたりを夢の国に変え、色とりどりの鳥たちは、またアフリカに帰っていった。木の葉が朽ち、じゃがいもをとりいれたあとの畑でたき火の炎があがると、寒い朝が来て霜がおり、水たまりに薄氷がはった。木枯らしがふきあれ、雪がふって、また冬が来た。

いなか道に旅芸人のすがたを見ることは絶えてひさしく、おどる熊も、いまはいない。

だがあの旅芸人、熊おじさんのメロディーは、いまもきえてはいない。

くずあつめのおじさんがふく笛、羊飼いのふく笛に、ときどきあのメロディーが乗ってながれる。

そしてよく聞きとれる耳をもった人なら、いまでもいなか道で、ふと聞こえてくるあのメロディーに気づくことだろう。嵐の前に電話線がうなるときや、秋、風が木の葉をちらしているときに。

訳者あとがき

この本は、わたしが子どもの本に興味をもっていることを知ったドイツの知人が、大好きな本だといって送ってくれたものです。パラパラとめくってみて、わたしはまず、その絵に魅せられました。つづいてお話を読んで、もうすっかり心をうばわれてしまいました。だいぶまえのことですが、よくおぼえています。

うかつにも、わたしはそのとき、この作家のものがすでに何冊か日本で紹介されていることを知りませんでした。ライナー・チムニクという作家がいることすら知らなかったのです。

教えられて、すでに訳されていた『セーヌの釣りびとヨナス』と『クレーン男』と『タイコたたきの夢』を読んでみました。そして、それらに見られる寓意と風刺にまたおどろきました。人間を鋭く描きだしながら、その眼に詩情があり、しかもそれがときに皮肉なユーモアともなっていて、大人のあいだにも広く愛読者をもっているというのが、なるほどとうなずけました。

ライナー・チムニクは一九三〇年、オーバーシュレージエンのボイテンで生まれました。現在はポーランド領になっている地域です。戦後、しばらく指物師としてはたらいたのち、ミュンヘンの美術学校でまなびました。絵本作家、物語作家、挿絵画家として数多くの作品を出し、現在もミュンヘンに住んでいます。

この『熊とにんげん』は、初版が一九五四年で、チムニク二十四歳の、まだ美術学校に在学中の作品です。年表で見るかぎり、処女作です。わたしは、この自然や動物や人間を見る眼のやさしさと深さは、長い人生を生きてきた人のものかと思っていました。

けれども考えてみれば、寓意をこめた後の作品とはちがって、ここにはやはり、ナイーヴな、純な、ういういしさがあると思います。それでいて、世の中を、人生を鋭く見透している眼があり、それはある意味で宮沢賢治の世界と重なるのではないかとも思いました。

これまでに、ドイツ語の児童書をかなりの冊数訳してきましたが、その中で、わたし自身いちばん好きなのが、この『熊とにんげん』です。その本が、ふたたび、子どもにも読みやすい形で手にとっていただけるようになったことを、ほんとうにうれしく思っています。

二〇一七年十二月　上田真而子

（この「訳者あとがき」は、文庫版『熊とにんげん』〔一九九〇年二月　福武文庫刊〕の「あとがき」をもとに、加筆・修正したものです。）

【訳者】
上田真而子（うえだ まにこ）
1930年広島生まれ。マールブルク大学で宗教美術史を学ぶ。訳書に『レクトロ物語』（福音館書店）、『いつもだれかが…』『彼の名はヤン』（ともに徳間書店）、『ヒルベルという子がいた』（偕成社）、『あのころはフリードリヒがいた』『ジム・ボタンの機関車大旅行』『マクスとモーリツのいたずら』『マイカのこうのとり』（以上岩波書店）など多数。

【熊とにんげん】
Der Bär und die Leute
ライナー・チムニク作・絵
上田真而子訳 Translation © 2018 Maniko Ueda
104p、22cm NDC943

熊とにんげん
2018年1月31日 初版発行

訳者：上田真而子
装丁：鳥井和昌
フォーマット：前田浩志・横濱順美

発行人：平野健一
発行所：株式会社 徳間書店
〒105-8055 東京都港区芝大門 2-2-1
Tel.（048）451-5960（販売）（03）5403-4347（児童書編集） 振替 00140-0-44392番
本文・カバー印刷：日経印刷株式会社
製本：大口製本印刷株式会社
Published by TOKUMA SHOTEN PUBLISHING CO., LTD., Tokyo, Japan. Printed in Japan.

徳間書店の子どもの本のホームページ http://www.tokuma.jp/kodomonohon/

ISBN978-4-19-864556-4

この作品は、1982年1月、偕成社から刊行された『熊とにんげん』に、
若干の訳語と文字使い、レイアウトの変更を加えたものです。

とびらのむこうに別世界(べつせかい)
徳間書店の児童書

【小さい水の精】 オトフリート・プロイスラー 作　ウィニー・ガイラー 絵　はたさわゆうこ 訳

水車の池で生まれた小さい水の精は、何でもやってみないと気がすまない元気な男の子。池じゅうを探検したり、人間の男の子たちと友だちになったり…。ドイツを代表する作家が贈る楽しい幼年童話です。

小学校低・中学年〜

【小さいおばけ】 オトフリート・プロイスラー 作　フランツ・ヨーゼフ・トリップ 絵　はたさわゆうこ 訳

ひょんなことから昼に目をさました小さいおばけ。日の光のせいで体がまっ黒になってしまったうえに、道にまよって…？　ドイツを代表する作家の、長年愛されてきた楽しい物語。さし絵もいっぱい！

小学校低・中学年〜

【なまけものの王さまとかしこい王女のお話】 ミラ・ローベ 作　ズージ・ヴァイゲル 絵　佐々木田鶴子 訳

おいしいものを食べて、寝てばかりいた王さまは、病気になってしまいました。元気な王女のピンピは、王さまの病気を治してくれる人をさがしに森へ…。長く愛されてきたオーストリア生まれのお話。

小学校低・中学年〜

【うちのおばあちゃん】 イルゼ・クレーベルガー 作　ハンス・ベーレンス 挿絵　齋藤尚子 訳

ぼくの自慢はおばあちゃん——自由で生き生きした心の持ち主のおばあちゃんがいるだけで、何でも楽しくなってくる!!　1960年代に出版されて以来ロングセラーを続けるドイツの児童文学！

小学校低・中学年〜

【子どもべやのおばけ】 カーリ・ゼーフェルト 作　倉澤幹彦・本田雅也 共訳　前田浩志 挿絵

古いお城のあとの家に引越してきた元気な三人きょうだいと、のろいをかけられ五百年以上もさまよいつづけるおばけのフローリアンのゆかいな物語。版元を変えて待望の復刊！

小学校低・中学年〜

【空からきたひつじ】 フレート・ロドリアン 作　ヴェルナー・クレムケ 絵　たかはしふみこ 訳

空からおちてきた、かわいそうな雲のひつじさん。わたしが、たすけてあげる！　でもどうやって…？　ふしぎなひつじと女の子の交流をあたたかく描く、愛らしいドイツの名作童話。カラー挿絵入り。

小学校低・中学年〜

【たのしいこびと村】 エーリッヒ・ハイネマン 作　フリッツ・バウムガルテン 絵　石川素子 訳

まずしいねずみの親子がたどりついたのは、こびとたちがくらす、ゆめのようにすてきな村…。ドイツで読みつがれてきた、あたたかで楽しいお話。秋の森をていねいに描いた美しいカラーさし絵入り。

小学校低・中学年〜

BOOKS FOR CHILDREN